별 하나에 어머니의 그네

국립중앙도서관 출판예정도서목록(CIP)

별 하나에 어머니의 그네 : 최연홍 시집 / 지은이: 최연홍.
-- 대전 : 지혜 : 애지, 2018
    p. ;   cm. -- (지혜사랑 ; 185)

ISBN 979-11-5728-270-8 03810 : ₩9000

한국 현대시[韓國現代詩]

811.62-KDC6
895.714-DDC23   CIP2018008301

지혜사랑 185

별 하나에 어머니의 그네

최연홍

지혜

별 하나에 어머니의 그네

중학 2학년때 서울로 유학하면서 대전의 어머니에게 쓴 편지는 내 문학의 출발점이었고 그 무렵 윤동주의 "별헤는 밤"이 열세살 소년을 따뜻하게 위로해주었다. "별 하나에 어머니"는 떠나온 자의 문학이 되었다. 2017년 윤동주의 생가에서 후쿠오카 감옥까지 순례자의 길을 걸으며 나는 다시 별 하나에 어머니, 어머니로 돌아가고 있었다. 모두 다 시작으로 돌아간다. 시작은 고향이 아니겠느냐. 인생은 귀거래사, 아니겠느냐. 비둘기, 강아지, 토끼, 노새, 노루… 아름다운 추억을 남기고. 젊음은 오래 거기 남아있거라.

그러나 아무리 보아도 또 다른 고향은 보이지 않는다.

2018년 최연홍

차례

1부

2부

부산별곡

• 일러두기
  한 연이 첫 번째 행에서 시작될 때는 > 로 표시합니다.

1부

초심初心

맨 처음으로 돌아갈 수 있는 여유
첫눈에 반한 전율을 간직하고 있는 마음
빈 손으로 이 세상에 나와 먼 항로를 거쳐
마지막 항구에 이르도록 기도해주시는 어머니
미천한 자에게 아내와 아들, 딸을 선물하신 하나님
산 하나 남은 조국, 거기 동생과 친구들 사랑
세상을 바라볼 수 있는 눈,
아직도 숲길을 걷는 다리, 새소리를 들을 수 있는 귀,
새벽기도의 어두움 속 온화함
당신의 맑은 음성을 듣고 있는,
봄 벚꽃의 화사한 숨결 속에 머물러 있는 어린아이

맨 처음으로 돌아갈 수 있는 발걸음

선사시대 암각화가 보인다
깨끗한 푸른 바다
고래사냥이 보인다

날아가는 숲

새들을 보고 있으면
숲이 날아간다
대나무 숲이
폭풍 앞에서
날아간다
참나무 숲이 날아간다
키 큰 대나무들이 휘어졌다
다시 원상으로 돌아가는
반동으로
숲 전체가 날아간다
날아가는 숲 속에서
사람들도
새처럼 날아간다
파리의 하늘을 날고 있는 샤갈의 연인들처럼
나도 날아간다.
이 나무에서 저 나무로
저 숲에서 이 숲으로

아, 날아가는 숲 속에 반란군이 숨어있구나
혁명을 꿈꾸는 반란군들의 총구가 보이기 시작한다.

60년대의 사랑

가난한 나라, 전쟁이 그 나마 국토를 파괴하고 가버린 나라
초등학교를 피란민 촌 가마니 위에서 공부한 아이들
아직 몇 남아 우정을 나눈다.
나는 그 우정을 60년대의 사랑이라고 말한다.

행운이 많았던 아이들이 학교에 다니고 중, 고등학교를
마치고
대학까지 간 아이들, 그 학교 마당에서, 교실에서 만난
인연,
연병장에서 만난 아이들, 육군소위가 되어 만난 아이들
그들 사이의 인연을 나는 60년대의 사랑이라고 말한다.

헬만 헷세의 『차륜車輪 밑에서』를 읽고 스탕달의 『적赤과
흑黑』을 읽으며
연애감정을 나누던 아이들, 연애는 책갈피 속에서나 찾
는 줄 알았던 아이들
아름다운 시 한 편에서 연애를 찾아나가던 아이들
그들이 꿈꾸던 연애를 나는 60년대의 사랑이라고 말한다.

하나, 둘씩 사라진다. 한 시대를 뛰어넘어
"쓰레기 통에서 장미꽃을 피울 수 없다"고 누군가 말했던
그 나라에

장미꽃 밭을 만든 아이들이 하나씩 사라진다.
꽃을 만든 기적이 사라진다. 60년대가 저물어간다.

모든 것들은 지나간다 해도 못내 아쉬운 60년대
가난했지만 따뜻한 인정이 있었던 60년대
가난했지만 예의가 있었던 60년대
영원하여라, 천국에서도, 우리들의 기억 속에서라도

3대가 비어있는 시골집 처마 밑에
제비는 돌아와 집 짓고 새끼를 낳고
산수유 꽃처럼 노란 주둥이에 먹이 넣어주고 있을까
돌 지난 손녀가 내 입에 제 간식을 넣어주고 있다.

Korea, 1948

젊은 남편이 배추가 가득한 리어카를 앞에서 끌고 어린 아이를 포대기에 싸 업은 아내가 뒤에서 밀고 가는 사진 한 장, 내 기억 속에 아무렇지도 않게 남아있는 쓸쓸한 사진 한 장이 내 친구에게 새로운 감동을 주었으리라. 그런 사진이 아직도 내 수중에 있다. 지금 70대 할아버지가 파지破紙 빈 병들을 실은 리어카를 앞에서 끌고 그의 아내인 할머니가 뒤에서 밀고 가는 정성을 새벽 동대문 시장 근처에 가면 만날 수 있으니

두 개의 리어카 사이 60년, 70년 세월이 장강처럼 흘렀고 지금은 젊은 부부가 리어카를 끌고 밀고 가는 정경을 찾을 수 없다. 오직 새벽 시장 근처에 존재한다. 그 사이 한강의 기적이 왔고 세계 열한 번째 경제대국이 왔다. 그러나 아직도 리어카를 끌고 밀고 가는 70대 부부가 한국의 새벽 미명未明을 밝히고 있다.

생존의 아픔을 느낄 사이도 없이 새벽은 오고 아름다운 부부, 그 새벽을 열고 있는 나라가 동방의 등불로 남아있다.

달맞이 꽃

해가 지면 시골길에 아무렇게나 핀 노란 꽃
강으로 가는 언덕에도 노랗게 피어있는 꽃

해가 지면 피기 시작해 나팔꽃이 피기 전에
지는 야생화, 누가 심어 놓았을까

저녁 황혼이 빗기는 논밭에 하나 둘 피어나던 꽃
향기 속에 달은 떠 우리의 초라한 사랑도 달빛에 빛나고
있었으니

서양에선 밤에 피는 꽃이라 화류계의 여자로 비유하는지
모르지만
나는 가난한 나라 사춘기에 달맞이꽃 향기를 알게 되었
으니

내가 좋아한 여자 아이가 내 손을 잡고, 눈을 감게 하고
그 꽃에 다가가 첫 향기를 안내했으니

그 첫사랑이 얼마나 은은한 꽃 향기였던가
역사는 달빛 아래 쓰여지고

그 여자아이가 이제 노년에 이르러

달맞이꽃 씨에서 빼낸 오메가 3를 복용하고 있으니

그 꽃은 여자의 일생을 복되게 하고 있구나
지금도 야생화, 잡초에 해당하는 식물

그러나 올곧게 쭉 뻗은 내 키 반만큼 성장한 꽃나무
2대가 비어있는 시골 집 울안에도 피어난 꽃

그것은 희미한 옛사랑이 아니라
아직도 은은한 달맞이 사랑이라 증언하나니

세월은 가도 아무렇게나 피어있는 꽃
전깃불이 아직 들어오지 않았던 시골

달맞이 가는 사춘기의 길목에 피어나
가장 아름다운 꽃

아 나의 어두운 저녁을 환하게 한 꽃
아 나의 어두운 저녁을 환하게 한 꽃

연인

70억이 사는 지구에
연인은 딱 하나
눈 감으면
떠오르는

사막의 달

천사의 말

내 그릇에 비해
당신 사랑이 너무 커

내 질그릇은
어느 아름다운 도자기보다
아름답고

어느 금관악기보다
아름다운 소리를
내고 있습니다

가을 소풍

푸른 하늘을 날라
낙엽 밑에 숨겨진
하얀 공 찾다가
오후를 보낸
아이들

풀잎에 맺힌 아침 이슬이
모두 하얀 공으로 보이던 아침
해를 향해 날아간 공을 잃어버린 정오,
낙엽 속으로 들어간 공을 찾아 헤매는
숲 속의 오후

고희를 넘어선 아이들
미로에서
가을소풍을 즐기고 있네
날아가는 공을 바라보는 소풍

겨울 강

서러운 날에는
겨울 강으로 가서
말없이 흘러가는 강물을
바라보아요

그래도 서러우면
어린 새의 날개처럼
부드러운 갈대 옆에
기대어 눈을 감고
구도자의 길을 찾아요

푸른 바다를 지나
고향포구로 돌아온
작은 배 한 척

눈을 뜨면
사방엔 저녁 어둠이 내리고
당신은 고향포구
첫눈이 내리는 꿈을 꾼 것을
알아채 릴 거예요

이제 풀잎처럼

돋아나기 시작한 별들을 바라보며
집으로 가요
오늘 저녁엔
어머니가
고향 바다에서 수북이 건져 올린
미역국을 보글보글 끓여 주세요

오늘 밤은
어머니의 사랑이
당신의 눈물을 씻어 줄 거예요
내가 씻어주지 못한 아픔이
아직 남아있어요

어찌 흔들리는 것이
갈대 뿐이겠습니까
어찌 흔들리는 것이
여자의 마음뿐이겠습니까

백설부白雪賦

밖에서 문을 잠그어
나갈 수가 없다
여름햇살이라도
하루, 이틀은 걸려야
문이 열릴까
안에서
2, 3일
금식기도와
명상시간을
갖으라는
하늘의 말씀,
세상은 조용하고
겨울햇살 외
아무것도 보이지 않아
이 은빛 아침 세상이 좋다

오타

영어로 글을 쓰다보면
사랑한다love 는 살아있다live 로
자주 오타가 나온다
오라, 살아있다는 말은 사랑한다는 말이구나
사랑한다는 뜻은 살아있다는 뜻이구나
나이 먹어 무디어진 손가락이 만든 오타typo가
하늘의 축복인 것을 깨닫는다

누드

아주 말랑말랑한 부드러운 갯벌이 가로로 펼쳐져 있고
두 개의 탄금대가 있고
아담한 숲이 있다
그리고 대문의 빗장이
그 중심을 가리고 있다
언제나 거기 가면
아름다운 그대 숨결이 들린다
그 미술관에 가면
파도가 언제나 갯벌을 적시고
눈 먼 사람 눈 뜨게 하는 기적을 일으킨다

춘화도

멀리서 옷 벗는 여자를
상상하는
개화기
시인보다
훨씬 먼저
조선의
단원, 혜원이
춘화도를
그렸는데
이제야 그 그림을 보게 되었으니
이제 나도 나이 먹은 사내가 되었나

젊은 날에는
보이지 않았던 그림
노후에 보이기 시작한 그림
야한 그림이 좋아졌어

그러나
야동보다는
단오절
숲 속에서 목욕하는 젊은 여자들
훔쳐보는

어린 스님,
그 그림 만큼
좋은 그림은 아직 없나니

여행

여행은 미지의 항로로 떠난
수부水夫들의 항해일지
망망한 바다
작은 섬도 보이지 않고
절망하다
만난
푸른 바다
물결에 떠 있는
나뭇잎
같은 것
섬에 살고 있는 원주민을 만나는 기쁨
언어가 통하지 않으면
몸짓으로 통하던 첫번째 절망과 희망

이제 더 찾을 수 없는 미지의 항로, 섬, 지구
그럼 달나라로 가자
거기도 정복되었다면 은하로 가자
추억은 그 거리에 비례해
지구 저편에 오래 남아있을 것이다

먼 여행을 떠나자
미지의 세상에서 만나는

오지의 원주민들 따뜻한 마음이
다시 내게로 와
은하의 겨울 바다엔
더 포근한 눈으로 내릴 것이다

당신과 주고 받은 몇 마디 말들을
그 전에는 다 이해할 수 없었는데
지금은
겨울 밤
하늘에 무수히 빛나는 별들의 사연만큼
명료하다
여행은
별들의 세계로 날아가는 꿈을 꾸는
어린아이의 잠
끝나지 않는 미지의 은하로 가는
마음속의 오지로 가는
항해일지

길

하늘에는 하늘 길이 있고

물속에는 물속 길이 있네

이 땅위에도 길이 있는데

나

아직도 길을 찾고 있네

기러기

캐나다에서 살다가 겨울이 오면 남쪽으로 내려와
내가 살고 있는 포토맥 강 상류에 터를 잡고살던 철새
봄이 와도 캐나다로 돌아가지 않고
포토맥 강가에 영주권자로 살고 있다.
기러기도 온화한 날씨를 좋아하나

그러면 가을 하늘에 브이V 자를 그으며 날아가던 기러기
들을
더 바라볼 수 없지 않은가
기러기 가족이 브이 자를 그리며 남쪽으로 내려 올 때나
브이 자를 그리며 다시 북쪽으로 날아가는 모습이 사라
진다면
가을은 거대한 상실의 아픔을 어찌 견딜까

한국에서 미국으로 이주해온 사람들은 고향을 그리워하
며 살아가는데
기러기들은 캐나다를 더 이상 그리워하지 않는단 말인가
총을 쏘아도 날아가지 않는 새,
그러나 그 어느 상실의 아픔보다
난 가을 하늘의 브이 자가 사라진 아픔을 누구보다 견디
기 어려워

>
너도 가면 나도 갈까
내가 떠나면 너도 떠나는 거냐.
하긴 이 나라는 이주민의 나라
이주민들이 봄, 여름, 가을, 겨울 없이
기러기 날지 않는 하늘에 브이 자를 그리며 살아가야지

봄날은 간다

1

부추밭 후원에서 따뜻한 햇살과 신선한 바람을 즐기다 방 안으로 들어오면 우울한 공기가 사형수의 감방 같다. 아내는 뜯어온 부추로 주스를 만들고 닭발을 삶아낸다. 어느 돌팔이 의사가 부추와 닭발이 6개월 시한부 삶을 연장한다고 전한 모양이다. 일주일에 하루 암 병동에서 케모테라피 chemo therapy를 받지만 적혈구와 백혈구 수치가 낮아서 그냥 집으로 돌아올 때는 세상이 암흑이다.

2

봄날이 왔다 가듯 우리도 간다
나는 서러워하지 않는다

병동에 들어서면
아름다운 젊은 새댁도 유방암을 앓고 있으니
오히려 미안하다
오래 살아서

\>

3

따뜻한 봄날
시인은 나를 골프에 초대했다
주저하는 내게,
"한 홀을 쳐도 좋으니 그냥 나갑시다!"
그렇게 나서서 나인nine홀hole을 돌고 나오니
홍해를 가른 모세Mose가 된 기쁨

4

그 시인은 은퇴 후 골프를 배운 친구
아, 시인은 엔돌핀endorphin을 선물하는 사람이었구나

봄날은 간다
벚꽃이 피었다 지듯
우리는 간다
아름다운 세상
아이들에게 전해주고 간다

마지막 잎새

우리 섭섭한 마음 비우고 이 세상 떠나자
문병 오지 않았다고 섭섭해 하는 친구에게
섭섭하다고 말하는 마음
나를 그만큼 생각하고 기다렸다는 우정 깊은 말
그래, 섭섭하게 해서 미안하다

그는 이제 더 수술할 수 없다는 진단을 받았다
나는 소문으로 알고 있었지만
미안해, 미안해 여러 번 용서를 빌었다
그와 마지막이 될지도 모르는 만남, 커피 한 잔으로 나누며
나는 그를 바라보고, 창 밖에 떨어지는 나뭇잎처럼

우리 모두 가을 양광陽光아래 떨어지는 나뭇잎처럼 떨어
지자
우리 숲 속의 나무들이 떨어뜨리는 나뭇잎처럼 가볍게 가자
우리는 모두 시인이 아닌가.
유고시집을 내달라고 부탁하는 친구에게 전한 내 말이 거
칠었나.
그는 아무 말없이 나를 보내고

나는 그의 아내를 위로하는 말 한 마디 없이
잠깐 포옹하고 나왔네

우리 모두 떠나가는 사람들
섭섭한 마음 다 비우고 떠나자
떨어지는 나뭇잎처럼 소리 없이 가자

모월 모일 1

엊그제 나보다 네 살 아래 아우같은 친구의 고별 예배에
다녀왔고
　오늘은 나 보다 팔년 위 어른의 하관식에 다녀왔네.

　하관식 예배에
　망자가 생전에 좋아하신 음악—
　amazing grace와
　edelweiss, edelweiss
　서곡으로
　그 분 바이올리니스트 아들의 연주로
　우리 문상객 모두 합창했고
　마지막 순서로는
　그 분이 쓰신「마지막 비상飛翔Last Flight」
　내가 영어로 번역해드린 시를
　그 분 따님이 낭송했네
　그 사이 기타리스트가
　"내 무덤에서 울지말아달라,
　나는 여기 없고 천갈래의 바람이 여기 불고 있지 않느냐"
는 음악에 따라
　우리 모두 합창했네.

　망자의 외손녀가 세상 모르고 울고 있었네

>
　내일은 나보다 다섯 살 위 어른의 미술전이 열리네

　바람처럼 왔다가 가는 인생이
　아름다운 시와 노래를 들으며
　미술을 감상하며
　간다면 어찌 고맙지 않으랴

비가

"걔가 죽었다면서"
그 친구가 죽었냐는 소리가
개가 죽었냐는 소리로 들린다

개만도 못한 사람도 있으니
그러나 씁쓸하다

그후
아무도 그 친구의 죽음을 말하지 않았다

죽은 자는 쉽게 잊혀지기를 원하고
남아있는 자는 떠난 자를 기억하기조차 싫어하는가

그렇게 한 사람이 풀잎에 맺힌 이슬처럼 사라져 갔다
초라한 무덤 하나도 남기지 않은 채

"형, 형이 죽으면 한 일주일, 열흘 후 다 잊어버려"

가까운 후배의 말, 한 마디

2부

백두산

산세가 장엄하고 자작나무 숲지대가 아름다운 백두산
산정에는 눈이 쌓여있고 눈이 녹아도 눈같은 화산석이 남
아
우리나라 개국의 터전이 된 개마고원
열여섯 개 산봉우리가 만들고 숨긴 푸르고 푸른 천지

천지는 동쪽으로 두만강을 발원하고
서쪽으로는 압록강을 발원하고
북쪽으로는 장백폭포를 이루고 송화강을 발원하고
세 개의 강이 동아세아의 정상에서 뻗어내려 간다

산맥과 산맥이 만나 이룬 백두산
남으로 뻗은 백두대간, 우리나라 국토의 척추를 이루고
있나니
신비한 기운이 민족의 정기로 가득하다
경이로운 산하가 아름다움을 넘어 신성하기까지 하다

천지의 아름다움을 안개가 신부의 베일처럼 가려주고
겨울은 길고 길어 함부로 오를 수 없는 산정
그래서 호랑이, 꽃사슴, 표범, 곰, 노루, 다람쥐, 토끼,
꿩,
수리 부엉이, 오색 딱따구리가 살고 있는 자작나무 숲

＞

하얀 머리 독수리가 그 산정을 지키고 있다

성스러운 산정에 오르면 푸르고 깨끗한 천지가 우리를 반
기네

아, 백두산, 우리들의 신성한 산!

옥수역을 지나며

동호대교를 건너는 전철 안에서
내가 살던 옥수 하이츠 102동을 찾는다
금호역을 지나면 언제나 눈을 감는다
오른쪽에 102동 아파트가 보이고
그 아래 작은 빈터에 그네를 찾는다
아침마다
어머니를 그네에 태우고 밀어주던
마지막 3개월의 슬픔을 찾는다
80을 넘은 어머니,
지상에서 전철역으로 오르려면
두 번, 세 번 숨 고르며 오르셨던 어머니
"이제 택시 타고 다니세요!"
"아니다, 아들이 전철 타고 다니는데 내가 어찌…"
국철로 청량리 역에 도착,
거기서 1호선으로 갈아타고 동대문 시장에 다니셨던 어머니.
어머니의 마지막 7년이
옥수동 전철역에 아직도 그대로 걸려있다

눈을 감는다.

백제 무령왕릉

백제를 받쳐주고 있는 무령왕릉
왕과 왕비가 합장된 묘지 1971년 우연히 찾아진 능 하나
가 찬란했던
백제역사를 어두운 현실에서 꺼내 놓았네.
28개의 다양한 벽돌 하나 하나가 받쳐주고, 세워주고
천정으로 올라간 아치arch
누가 저렇게 견고하고 단정한 연꽃무늬 벽돌을 구워 내놓
을 수 있었을까?
벽면의 백자등잔白磁燈盞 놓일 불꽃형 공간, 묘지석墓誌石,

아, 예술이다.

공주박물관

다리多利가 만든 왕비의 은팔찌
그것은 오늘, 뉴욕의 티파니Tiffany에 가서도 살 수 없는
백만 달러짜리 금속공예품
왕과 왕비의 뼈도 공기로 산화했지만
일본에서 온 금송金松 목관
결 고운 문화의 교류를 보여 주고 있는 공주 박물관
1400년 어둠 속에 갇혀있었던 왕릉 하나가
700년 백제를 증언하고 있는 공주 박물관
도굴 당한 1400년 세월이 부끄럽지만
역사의 불꽃 들고
오늘도 금관의 금빛으로 환히 빛나고 있는
공주 박물관

옥연정사 玉淵精舍

하회마을로 가시거든 강을 건너는 나룻배를 타고 부용대
로 가보게
거기 임진왜란에서 나라를 구한
정승의 서재가 옥연정사로 서 있네.
강 아래에서 보면 오래된 소나무에 가려 세 칸짜리 작은
기와집이 보이지 않을 수 있네만
그 서재에서 류성룡은 참담한 전쟁 회고록을 집필했네
성웅 이순신의 난중일기와 더불어 조선의 역사를 지키고
있으니
어찌 큰 사적이 아니겠는가
그의 나이 63세에 어린 소나무를 심으며
그는 나무의 그늘을 즐길 수 없지만
후일 봉황이 깃드는 큰 나무를 꿈꾸었으니
그는 위대한 미래학자가 아닌가
미국에서 살다가 은퇴한 초라한 학자가
옥연정사에 들려 하룻밤을 묵고 떠나니
어찌 영광이 아니겠는가, 감개가 무량하지 않겠는가
다시 징비록을 꺼내 읽고 가야겠네
조정은 전쟁 중에도 헤아릴 수 없는 모략이 넘치는 공간,
어찌 그가 살아남았던가
그는 낙동강이 휘어져 돌아나가는 평화로운 고향을 찾아
강을 내다보며

푸른 하늘을 바라보며
역사를 쓰고 있었으니
보아라, 세월은 흘러가도 이름은 붓과 함께 남는
묵향, 낙향의 이치를

반구대 암각화

문자가 만들어지기 전 사람들은 풍경을 조각했다
그들이 살고 있는 마을
목책을 두르고 야생의 동물을 가두어 기르고
목선 위에 작살과 그물을 싣고 바다로 나가
고래 잡는 노동을 사랑했다
그리고 고래잡이 풍경을 돌 속에 파놓았다

그들의 지혜가 인류 최초의 포경선을 만들었고
선사시대 폭을 넓혔다
동해가 고래 어장이었고
고래는 바닷가 마을 사람들에게 자양을
밤에는 등불의 기름을 공급했다

천지창조가 동해에서 시작했다고 증언한 조각
암각화가 인류 최초의 미술작품
1000년 후 신라인은 바위 속에
부처님을 파 놓았다
그들이 파놓은 부처는 이두문 문자시대와 함께 왔고

반구대는 세상의 어디에서도 찾을 수 없는 문화사가 되
었다
어두운 동굴 속에 들어가 그림을 그리는 일은

푸른 바다를 바라보며 살고 있었던 사람들의 조각보다
몇 세기 늦게 대서양 연안에 왔다

고래를 잡으러 나갔던 원시인의 활력
활력이 바다 파도에 씻기어 지금도 신선한다.
그들은 지금 묻고 있다
누가 고래를 멸종위기로 만들었는가

우리는 그 바다를 집안의 앞마당으로 사랑했고
그 고래를 사랑했고
함부로 남획하지 않았고
그 풍경, 조각의 예술을 사랑했다고
지금도 말하고 있다.

늑대
— 반구대 암각화

달 보고 짖는 늑대 한 마리
한밤 침입자를 몰아내는 포효
금빛 눈동자

낮에는 앞 바다에서 고래잡이하던
반구대 사람들
밤이 되면
뒷 숲에 늑대를 두고
건강한 잠 속으로 빠져들었나니

늑대와 춤을 춘 최초의 사람들

노고단

노고단 정상에 올라갔다
3월의 햇살이
정상까지 따라 올라와 까르르 웃는다

층층나무, 야광나무, 철쭉의 기운을 돋우고
500ml 마시는 내 곁으로
줄 다람쥐가
바위 위로 귀엽게 포르르 뛰어 오른다

해발 1200미터 정상에서
내려다보는 강줄기는
비단 뱀처럼 기어가고
농부들의 부지런한 뜰에는
목련이 터지는 숨소리가 들린다

눈 녹아 흐르는 물소리 낭낭하고
찌익 찌이익 산새소리 청아하다
반야봉, 천왕봉을 넘는 바람도
오늘은 정말 따뜻하다.

대가야
— 고령에서

가야금을 알았어도
오동나무를 파서 열두 개의 현으로 만들어진 가야금이
우륵이 작곡한 12곡이 가야왕 가실의 왕명에 의해 이루
어진 것을 알았어도
그가 지금 고령땅의 대가야 악사이었음을 몰랐어라
그냥 신라사람으로 알고 있었으니

마모된 양전동 암각화가 아득한 선사시대 사람들의 미술
인지 몰랐어라
6000년 전, 7000년 전 동해바다로 고래사냥을 나갔던
선사시대 사람들의 울산 암각화를 알았어도
지금 고령 땅의 대가야 문화유산은 몰랐어라
부끄러워라 내 역사 지식

2010년 704기 지산동 고분군이 확인되면서
우리는 신라와 백제 사이
가장 오래 버틴 대가야를 알게 되었어라
거창에서 하동, 순천, 남원까지 전성시대 영토를 자랑했
던 왕국을 몰랐어라
경주 고분보다 더 큰 무덤 속에서 나온 토기들, 청동기 그
릇들, 칼과 갑옷,
금관, 금동관, 은관, 금귀고리

그보다 더 큰 순장된 하인의 40여기 돌무덤이
가련한 사람들의 죽음이
이 세상을 잉카, 마야문명보다 더 놀라게 했어라

잃어버린 왕국은 언제나 무덤인지 모르는 무덤 속에서 발
견되나니
역사는 흙 속에, 바람 속에 감추어져
아직 숨 쉬고 있나니
도적이 끝내 훔쳐갈 수 없는 흙속에, 바람 속에 그대로 숨
쉬고 있나니

부산

열 살 때 피난 가서 살던 서대신동, 우리 가족을 위해 방한 칸을 내주신 구효 씨 이름을 아직도 기억하고 있네. 송도로 가서 여윈 아들에게 바다를 보여주신 어머니. 언덕위로 올라 대마도가 보인다고 설명해주시던 어머니. 저 세상 사람이 되셨지만 어머니의 사랑은 아직도 나를 지탱해주고 있네. 한국을 떠나던 67년 나는 부산역에 내려 서대신동을 찾았고 해운대 모래밭을 걷다가 왔네. 10년 전 은퇴할 무렵 대학동창이 송별 강연을 주선해주어서 내려간 부산, 은퇴 후 10년이 지난 올해 해운대에서 아침식사를 함께 한 그 동창, 60년대 초 대구에서 육군소위와 일등병으로 만난 한 두 살 위 선배, 그때 거기서 만난 김춘수 선생의 문하생을 만난 부산. 한국전쟁기간 한국을 다 거두어주었던 도시, 피난민을 모두 안아주었던 항구, 지금은 나이먹은 야마같은 초라한 시인을 반겨주는 도시, 바다위의 활주로를 내왕하며 다닌 3박 4일의 여로가 따뜻하다. 용두산 공원 언덕에서 바라본 서대신동은 고층 아파트촌이 되었지만 아직도 내 눈에 서대신동은 단층 가옥이 모여 있는 50년대 동네로 보였네. 거기 어디 노천 피난초등학교 가마니 위에 앉아 공부하던 친구들이 보인다. 칠판 하나도 보인다.

어머니, 부산은 지금도 저에게 따뜻한 도시입니다.

부산 별곡

서대신동 아이들

부산 피난시절 기록은
송도에서 찍은 누드 사진 하나
어머니, 누이, 아우,
우리들에게 방 한 칸 내 준
구효 선생님 부인과
이웃 아주머니,
두 집의 아이들,
아이들은 모두 누드로 거기 있나니
서대신동 아이들
지금은 어디에 살아있는가 몰라

전쟁은 사진 하나 남기고
사라졌다.
아직 전쟁이 끝나지 않았다는 소문도
들린다

송도

송도에는 소나무는 보이지 않고
나뭇꾼과 인어의 동상이 서 있는데,
거기 어디 바닷파도에 밀려온 유리병
안에
한국전쟁에서 잃어버린
어린아이의 편지가 들어있네.
그리고 그 근처 바다에
여윈 어린아이 엉덩이에 주사를 주고
약 한 봉지를 지어주던
덴마크 병원선이 떠 있네

1951년 겨울은 그래서 따뜻했네

월광곡

우리가 살아있다는 소문을 듣고
전라북도 고창에서
부산까지
300km
찾아오신
외할머니
어떻게 전쟁속 포화를 지나
지리산을 넘어오셨는지
나는 모른다
오직 하나뿐인 딸의 가족이
부산 어디엔가 살아있다는 소문의
힘으로
그 머나먼 길을
또박 또박 걸어오셨다는 사실을
안다
외사천에서 정읍으로
40리 길
외손 보고 싶어
신작로 길을
달빛 아래
걸어오셨던 힘으로
그 먼 거리를

또박 또박 걸어오셨다는 것을

전쟁은 살아남은 가족에게
한없는 사랑과 만남의 기쁨을 선사하고 갔다

멍게

송도에 가면 검은 갑골문자 바위에서 잔잔한 바다와 더불
어 한 여름을 지나는 소년에게
빨간 껍질을 벗기고 그 속의 보드라운 노란 속을 꺼내어
입에 넣어주시던 좌판의 아주머니
식욕을 잃은 여윈 소년에게 입맛을 살려놓은 피난지 바
다의 선물

아직도 가장 맛있는 여름 바다 최고의 선물
내 입 안 가득 바다가 출렁이고 있다

방 한 칸

작은 방에 우리 가족,
아버지, 어머니, 아우, 누이가 살고 있었지만
따뜻함이 가득한 방이었습니다.
외할머니가 기적처럼 찾아오셔서
함께 그 방에 살고 있었고
그 위에
갈 데 없는 어린 처녀를 받아드린 방,
그 처녀가 방을 얻어 나간 후
언젠가 학교에서 돌아오는 길에
저를 만나
지금 서대신동 전철역이 있는 거기
어디 가게에서 과자 한 봉지를 사
내 손에 들려주던 따뜻함이
아직 남아있는 방

전쟁은 모든 고통과 불편함을 따뜻함으로 알게 해주었는
지 몰라
아니 부산은 오직 따뜻함과 고마움을 알게 해 준 도시

초등학교 이력서

천막 학교가 아니었네. 칠판 앞에 선생님 바라보면서 그냥 빈터에 가마니 하나 깔고 앉아서 강의를 듣고 있었으니. 작은 규모의 노천강당이라고 하면 좋겠지. 초등학교 입학식은 정읍 동초등학교 교정에서, 어버지 따라 1950년 3월 서울 삼광국민학교로 전학, 6·25가 터지자 학교에서 장백산 줄기 줄기, 김일성 장군 노래를 배웠다. 1·4 후퇴 부산 서대신동 피란 초등학교로 전학, 신문배달을 한 기억이 가장 크게 남아있으니. 어떤 친구는 구두닦이 소년이었고. 졸업은 군 막사였던 대전 피난 초등학교에서. 그후에 서대전으로 가는 길에 있었던 옛 성당 피난 중학교에 입학했으니 기구한 내 초등학교 이력서. 다행이 아무도 초등학교 어디 나왔느냐는 질문은 안 해.

중학입학 시험에 애국가를 쓰라고 했는데 나는 동해물과 백두산이 아니라 장백산 줄기 줄기를 써냈지만 중학 입학을 했으니 나는 파란만장한 6년을 다녔나봐. 정확하게 5년이 안 되는 초등학교 수업. 월반한 것도 아닌데, 그냥 그렇게 되었네.

탄생 100주년 윤동주에게 드리는 시편

북간도

윤동주의 발자취를 찾아 떠난 성지순례
연길에서 내려 명동촌, 용정시, 선구자의 노래가 나온 일
송정
그 북간도 동주의 「자화상」이 나온 우물을 찾아나섰다
동주의 생가에 있는 우물은 닫혀있었고
용정의 우물은 관광지가 되어 있었으니
나는 두레박 내려 가을 하늘과 구름, 밤하늘의 별도
건져 올릴 수 없었다.
그의 슬픈 자화상도 건져 올릴 수 없었다
추억처럼 사나이가 있는 우물,
그 우물은 내 청춘의 동경이었다.

이제 우물은 사라졌고
수도관에서 물이 나오고 있다
북간도에도 우물이 사라졌다
우물을 잃어버린 세대는 얼마나 불행할까, 행복할까
그러나 아무도 동주를 잃어버릴 수는 없다

윤동주 생가에서

중국조선족애국시인中國朝鮮族愛國詩人
윤동주고거尹東柱故居

윤동주가 태어난 1917년에는 중국이 없었는데
마적단이 횡횡하던 빈 벌판이었는데
국적이 없었던 윤동주에게 누가 국적을 부여했는가

필요했다면 조선청년시인 윤동주의 생가라고
한자로 적어 넣었어야 하는데

무언가 크게 잘못된 표시판에서
부끄러운 사진 한 장을 찍었다

파도가 와서 나를 밀어내고 있었다
시인은 무국적자야

윤동주여
우리가 오히려 더 부끄럽습니다

시인 윤동주지묘

아침 이슬처럼 왔다가
후쿠오카 형장의 이슬로 사라진
조선 청년,
그는 시인이란 명예도 그의 이름 앞에 걸치지 않고 살다가
북간도 묘지에 묻힐 때
그의 할아버지가 묘비에 붙여 준 명예였다.
시인이 7000명인 나라
부끄러운 시인이 너무 많은 듯하다.

연세대학교

아직 윤동주의 숨결이 남아있지
언더우드 형제의 하나님 사랑,
최현배 선생의 나라 사랑, 한글 사랑,
이양하 선생의 문학 사랑,
정병욱의 우정이 아직 그대로 남아있지
북아현동 하숙집, 거기 어디 동주가 찾아간 정지용의 집
이 있고
누상동 하숙집으로부터 동주가 잘 다녔던 책방까지
식민지 시대 아늑한 서울의 거리를 걷는다
그리고 연세대로 돌아와
그의 기념관 속에 들어가
그가 편집한 《문우》를 바라본다
거기 문과대학은 지금쯤 윤동주대학으로 명칭을 바꾸었
겠지

릿교 대학 교정에서

오래된 대학의 교정을 걸었다.
윤동주의 발자취가 남아있는 교정을 걷다가
담쟁이가 덮고 있는 고풍의 빨간 벽돌 건물 안으로 들어
갔다

빈 교실 책상, 그 아래 의자에 앉아
윤동주의 숨소리를 듣고 있다
대동아전쟁에 동원된 대학을 바라보며
그는 얼마나 고통스러웠을까

문학은 그에게 얼마나 큰 위안을 주었을까
그가 「쉽게 쓴 시」는
정말 쉽게 쓰여진 시가 아니다.
난해한 시다.

동지사 대학에서

2003년
정문의 경비가 내 손을 잡고
아담한 채플 옆에 세워진
동주의 시비로 안내했다

나는 영어로 쓰고
그는 일본어를 쓰고
그러나 그는 내가 영어로 말한
"윤동주의 시비는 어디 있느냐"는
물음을 알고 있었다

그는 나를 동주의 시비 앞으로 데리고 가
내가 눈을 감고 묵념을 드리고 있는 동안
옆에 서 있었다.

2017년
다시 그 시비 앞에 서니
정지용의 시비가 그 옆에 세워졌다

그러면 안 되는데
그러면 안 되는데
나는 비를 맞고 있었다.

교토 하숙집에서

그가 살던 하숙집은 사라져버렸고
그 하숙집 터에
동주의 혼이 아직 남아있는 시비를 세웠다.
그의 「서시」와 간단한 소개문이 돌에 박혀 있었다.
푸시킨이 살던 모스코바 집의 표지판보다
더 빛나는 표지석
동주야, 이제 조금은 외로워하지 말라
그대의 탄생 100주년을 기념해
미국의 수도에 살고 있는 나도
북간도에서부터
그대가 숨을 거둔 후쿠오카 교도소까지
순례자가 되어 다녔으니

아

尹
東
柱
留
魂
之
碑

>
가
내 마음속에 박혀 있거늘

후쿠오카 비가

1
후쿠오카는 윤동주의 교도소이었다
아름다운 서정시를
정치적인 독립운동이라고 단죄한
일본 판사의 2년 형
제국주의의 판결문
통곡도 하지 않았다
눈물도 말라버린
아름다운 수인

나는 지금 구치소가 된 그 형무소 문 앞에서
동주의 통곡 소리를 듣고 있다
나라 잃은 청년의 마음을
독립운동이라고 정의한 사람들을 단죄하고 있다

그가 생체실험으로 죽어가고 있었을 때
아직 네 살이 안 된
어린아이가 76세의 노인이 되어
그의 교도소를 찾고 있다

2
30분 걷는 거리에 한국 영사관이 서있고

태극기가 바람에 휘날리고 있다
그 근처에 그가 죽은 후 태어난 손정의가
일본의 재벌이 되어
세계적 재벌이 되어
만든 소프트 뱅크와 그의 야구장이
우아하게 서 있다

동주가 가고 나서
그의 꿈이 후쿠오카 하늘에 태극기로 펄럭이고
조국을 향한 손정의의 일본 최초 돔 구장이 되어
바닷가에 견고하게 서 있다

3
후쿠오카 바닷가 길손이 되어
그의 마지막 생일도 기억하지 못하고
차가운 겨울 교도소에서 죽어간 시인
7천만 한민족의 마음속에 화석이 되어버린
주옥같은 시편들

시인은 죽지 않고
영원히 사는 사람
북간도 묘지에서 나와

우리들과 함께 살고 있는 시인

아, 윤동주

모월모일 2

두 어린 것들이

아래 층에서

그렇게 순하지 않은

음악을 듣고 있었다

그 아이들의 애비는

위 층에서

그들의 음악을 엿듣고 있었다

새장의 어미새는

이주째 두개의 알을 품고 있었고

다른 새는 물장난을 치고 있었다

밖에는

온종일

비가 내리고 있었다

다시 쓴 광복절 노래
— 2012년 광복절 아침에

흙 다시 만져보자
바닷물도 춤을 춘다
위당 정인보 선생이 노래한 광복절
40년 식민지 시대 수난이 끝난 조국의 대지, 강, 산하, 바다
어찌 그냥 바라볼수 있겠습니까
오, 그날이 오면
내 두개골로 종로의 인경을 울리고 죽어가도
자기 육신으로 쇠북을 만들어 3천만이 북소리를 내어도
행복하리라던
상록수의 심훈을 어찌 잊겠습니까
아 조국
그러나 조국은 식민지 수난보다 더 긴 분단의 수난 속에
있습니다.
광복의 기쁨과 아픔
뜨거운 피 엉킨 자취인데
어찌 남북은 아직도 냉전시대로 남아
이리도 불쌍한 나라가 되어있습니까
오늘 2012년 광복절 새벽
저는 환상적인 꿈을 꾸었습니다.
북한의 28세 젊은이가 백기를 들고 판문점으로 내려와
조국을 하나로 만든다는 선언을 하며
오늘 아침 광복절은 서울에서 치르러 왔다는 낭보

더 이상 굶주린 2천5백만 동포를 구할길 없어
백기를 들고 내려왔다는 그를
아무도 단죄하지 않았습니다.
신라의 마지막 경순왕이 고려 왕건에게 와서
천년사직을 바친 그날처럼
북한의 3대 세습 정권도 문을 닫았습니다.
바로 그 꿈이 광복절 아니겠습니까
안 보이는 나라의 사랑
그러나 눈 감으면 보이는 나라의 사랑
사랑은 비무장지대의 철조망을 걷어내고
파묻힌 지뢰를 걷어내고
인적이 끊겨진 비무장지대를 세계의 자연공원으로
만들어내고
이제 마지막 남은 분단의 나라가 사라졌다는 선언이
바로 우리들의 광복절입니다
사슴이 뛰어놀고 토끼가 나와 춤을 추고
남남북녀가 거기 야생화 곁에서 입맞춤을 하는
아름다운 사랑의 의식
고구려 역사를 찾아 평양으로 가고
고려 역사를 찾아 개성으로 가고
백두산, 묘향산, 금강산으로 갑시다
우리들의 광복절엔

여권없이 비자없이

한반도 어디든 찾아갈 수 있는 기쁨으로

흙 다시 만져보고 대지를 밟아보고

종로의 인경을 다시 칩시다

더 이상 순국선열들의 얼, 희생, 피, 땀, 죽음을 헛되이

하지 맙시다.

함께 지켜 하나의 나라 지켜 나갑시다

함께 지켜 나갑시다

이제 분열의 정치 그만 접고

이제 통합의 정치만 하십시다.

아, 안 보이는 우리나라의 사랑

눈 감으면 보이는 우리나라의 사랑

태양이 오늘은 한반도 하늘에서 빛나고 있습니다

조국을 사랑하는 한인들의 마음 속에 빛나고 있습니다

여로旅路
— 아오모리

사랑하는 사람과 미지의 여로에 나서면
사랑은 더 깊어가고
바다 파도에 씻기어 더 깨끗해진다
산 속에 내리는 함박눈으로 더 아름다워지고
조금은 모호했던 사랑도 분명해진다

사랑하는 사람아
우리 미지의 세계로 걸어 나가자
미지의 사랑이 가을이 깊어 가면
첫눈을 맞아 백설부가 되나니, 백설부 위에
한정 없이 다른 백설부가 내린다.

잠들 수 없는 기쁨으로 밤새 내리는 하얀 세상
타들어가는 호롱불 심지가 어찌 할 수 없나니
온천의 따뜻한 물은 우리들의 체온을 지켜주고
우리들을 산소와 수소로 견고하게 붙들어준다
함박눈이 내린다
아직 11월이 일주일 더 남아있는데

아오니 靑荷 온천장에서

밤새 산속에 내리는 부유한 함박눈이여
빈 나뭇가지를 따뜻하게 하얀 이불로 덮어주더니
산 전체를 아름다운 목화밭으로 만들어 놓았구나

따뜻한 물은 아직 계곡을 흐르는가
눈은 물에 닿아 물이 되어 흘러가고
온 세상을 흑백의 수묵화로 그려놓았다

깊은 산간에도 새벽은 오고
어디서 날아왔는가
포로롱
종달새 보다 작은 새 한 마리
나무 가지의 눈 한 줌을 떨어트린다

작은 새도 시인처럼
아름다운 세상을 노래하는가
또 다른 새 한 마리 날아와
다정한 한 쌍을 이룬다
눈 속에 갇힌 살아있는 것들의
아름다운 숨소리 들리는가

따뜻한 물이

우리 몸 안의 세포 하나하나에 들어오면
그 기운으로 겨울밤을 지내는 선사시대의 사람들
동짓달 긴긴 밤을 기다림으로 지내는
황진이를
여기 따뜻한 물로 목욕시키고 싶은
한 시인이 기다리고 있다

뉴질랜드 시편

키아 오라Kia Ora

남태평양 타히티 섬에서
카누 타고 온 검은 얼굴의 원주민들
그들의 언어가 따뜻하다
로토루아
마오루아
따라 발음해보세요
영어보다 더 귀중한 보석이 되어
뉴질랜드의 북 섬과 남 섬을 연결한다
우랄 알타이 어, 몽골의 후예가
어찌 타히티로 가서 뉴질랜드로 왔는지
아직 풀리지 않는 수수께끼
세상에는 아직도 수수께끼가 많다.

밀포드 사운드Milford Sound

빙하가 사라졌다
그 협곡에 원시인의 숨소리가 들린다
어린 물개 한 마리 바위 위에서
정적의 바다와 산을 감상한다
알라스카 빙하만
아름다운 알프스 처녀의 눈 쌓인 봉우리
폭포의 물소리도 경쾌한 자맥질을 한다
가끔 고래들이 들어와
조용한 협곡의 물소리를
즐겨 듣고 나가는 숨겨진 바다
남극의 눈보라도 여기 와선
정적으로 숨어들어 사라진다.

테카포* 호수Tekapo Lake

여왕의 마을에서 주님의 교회라는

도시 사이

뉴질랜드 남 섬의 동서를 잇는 430km 중간쯤

캔터베리 평원에 들어서기 전

바라보이는 3700 미터 설산

제임스 쿡 산

거기서 흘러나온 호수가 청록색

그 호수 옆에 서있는 작은 교회Church of the Good Shep-

herds

선한 목자의 교회

마을을 지키고 있다

세상에서 가장 아름다운 교회

그 안에 들어가 나는 예배를 드리고 있었다

* 테가포는 타히티에서 카누 타고 뉴질랜드에 온 선장의 이름이다.

크라이스트처치Christchurch

이 평화로운 섬나라에
2011년 2월 22일
강진이 때리고 무너트린 도시의 중심지
사망자가 200여 명
왜 하필이면
이 도시의 이름이 주님의 교회일까
바다 속에서 솟아오른 비너스
발밑에 지금도 활화산이
일어날 준비를 하고 있다.
아 하나님

캐나다 로키 산맥

산

내 눈 가까이 다가서는 산이 저 멀리 사라진다

한동안 눈을 감고 있다 떠 보면

푸른 산, 산맥이

내 눈 속에 가득 들어와 안기네

루이스 호수

루이스 호수
나 여기 떠나고 싶지 않네
산정에 머물고 있는 구름처럼
산허리에 머물고 있는 빙하처럼

내 몸이 에메랄드 물빛으로 변할 때까지
마지막 순간 숨을 쉴 때까지도
무릎 꿇고 기도하는 모습으로

여기 닿을 때까지
여로를 지켜주시고 축복해주신
님이시어, 감사합니다.

강

산과 산 사이
거대한 호수가
끝나면
바로 강이 시작하네
빙하가 녹아서 만들어 내는
호수,
결국 바다에 닿아
지구는 하나가 되네
하나뿐인 지구!
그 안에 내가 있다.

브라질 시편

녹색

거대한 아마존 강 유역에는 밀림 녹색 외에는 아무 것도
보이지 않았다

그 속에 사는 인디오들의 발가벗은 나신도, 그들의 문신
도, 문명이 닿지 않는 그들의 비애도

얼마나 다행인지 몰랐다.

3부

겨울연가

— Banff, Canada

눈 속에 쌓인 산간

눈 내리는 동화에 나오는 마을로 들어가는 아이들이 있다

거기 가면 어른들도 천진무구天眞無垢한 어린아이가 된다

겨울연가 2

눈이 쌓인 로키 산맥
그 속에 동화 같은 마을이 있다
눈 내리는 겨울나라를 보고 가야지
우유 빛 싸락눈이 쏟아져 내려왔다
나는 캘거리를 떠나
하얀 세상으로 들어갔다,
우정의 깊이로 들어가고 있다
돌아오지 않는 강은
얼음 밑으로 흐르고 있고
나는 마를린 몬로가 머물던 호텔 로비
벽난로에 장작불을 지피고 커피를 마셨다
눈 쌓인 산 하나가 내 앞에 우뚝 서있다

겨울연가 3

폭설주의보가 내린 로키 산맥
가장 아름다운 마을을 찾아가는 사람들
함박눈이 온종일 내리고
분주하게 눈을 치우는 사람들
눈을 나르는 트럭의 대열
나는 눈 쌓인 산맥을 좌우로 횡단하고 있네
몽블랑을 지나고
정면에 다시 몽블랑이 나오고
나는 동화 속의 마을로 들어가
겨울잠 속으로 빠져들고 있네
우리들의 사랑은 눈 속에 갇혀
겨울잠 속 아름다운 꿈을 꾸고 있네
차갑게 얼어있는 산맥 아래
따뜻한 물이 온천을 이루고 있네

감국차 甘菊茶

끓인 물 머그 잔 하나,
그 물에
감국 10개 정도 넣어
5분 이상 우려서
취침 1시간 아니면 30분 전 음복

불면의 고통을 당하고 있는 시인에게
전한 시인의 선물

70년대 아득한 별 나라에서 시작한
우정이
2013년 8월 2일
감국차 든
편지 봉투에
연필로 쓴

감국차

김규화
— 나이팅게일

검은 바다가
밤새워
포효하면
시퍼런 파도가
해안에 닿아
하얀 모래 언덕을 만들고
떠난다

그래, 검고 시퍼런 파도의 신음소리가
마찰음이지

캄캄한 밤 속에 뒤척이는
잠 못 이루는
시인의
두개골 속에 남아있는
나이팅게일

송수권

어쩌다
문예진흥원 층계에서
얼핏
만난
시인
멈칫멈칫
하더니
"미국 사는 최연홍 시인, 아니요?"
물어서
"댁은 뉘시오?"
물으니
"송수권입니다"
"아, 그 유명한 쓰레기 통에서 나온 시인!"
반갑습니다.
"어찌 나를 알아보셨는가"
물으니
"김광협이가…"

그렇구나, 광협이가 만들어 준 우리 인연
죽은 광협이가 만들어 준 인연, 후일 송수권도 죽고
그러나 우리 인연은 이승과 저승에 아직 살아있네그려

신세훈

그는 언제나 육군소위로 남아있다
대학시절 조선일보 신춘문예로 나온
계집애처럼 고운 사내아이
그는 ROTC 2기 육군소위였다

그의 고향 의성으로 오고가는 길에
대구에 들려 문학을 이야기하고
신문사도 찾아가고
원로 시인, 박양균, 신동집, 김춘수도 소개했다

그가 월남전으로 떠나기 전
조선호텔에서 아름다운 피아니스트와
결혼식을 올렸을 때
나는 청첩인 가운데 하나,
그런데 대학원 조교시절
피치 못할 사정으로
결혼식에 늦은 죄인이 되어
지금까지 죄인으로 살고 있다

베트남 엽서 연작시를 모아
서울 프레스 쎈터에서 시화전을 열었을 때
그의 시편들을 영어로 번역,

영자지에 소개한 적이 있는데,
아련한 기억 저편에 남아있다

그는 월남 주둔 비둘기 부대 육군소위

내가 미국에서 가난한 유학생활을 할 적에
그는 일간지 월평에 내 시도 언급해주고
내 아버지에게 아들 친구 도리도 다 했다

『자유문학』 발행 편집인으로
내 시도 발표해주었고
내가 추천한 미국 속의 문인도 흔쾌히 받아주었다
그가 문협회장으로 뽑혔을 때
나는 서울에서 귀중한 한 표를 던질 수 있었는데
그것이 내가 그에게 해준 유일한 행사였다

이제 그가 고희를 맞아도
그는 내게 육군소위로 남아있네
그날 화창한 봄날 신랑으로 남아있네
그리고 멀리, 아주 멀리
한국문인협회 회장으로 서 있네

건강, 건필을 비네

김호길

그는 주소가 없다.
멕시코 사막에 농장을 만든 친구
주소를 물으면 광야라 한다
정말 주소가 없는 사막에 살고 있다.

한때 비행기 조종사로 일하다
불시착한 광야가 그의 주소가 되었으니
주소가 있을 리 없지
먼 하늘 나는 조종사에게 하늘이 온통 그의 집

사막의 꽃뱀과 코요테와 살고 있는 농부
별이 빛나는 밤하늘 아래 시를 쓰다가 잠드는
광야가 또한 그의 현주소
그의 현주소는 주소가 아니다

발 닿는 데가 그의 고향이지
시인은 나그네
나그네에게 고향이 있을 리 없지
이제 경상남도 사천도 잃어버린 고향이겠지

한국의 생떽쥐베리.
김호길의 마지막 비행은 저 하늘 아래

행방불명이야 안 되겠지
세상이 하 변했으니

김호길이 생떡쥐베리의 어린 왕자일거야

이래온 여사

우리들의 만남이 너무 짧았다 해도
당신을 잊을 수 없습니다.
왜냐하면 당신의 마음이 너무 고와서
당신의 문학 사랑이 너무 커서

나는 시의 산을 일구고
당신은 그 신에 나무 한그루 심게 되어 행복하다고
감사하신
그 마음이 부메랑 되어
영문 동인지 『밀물과 썰물Ebb and Flow』을 펴내게 하신
분,

당신의 사랑이
저의 잔을 넘치게 했습니다.

윤동주 모임에 오시어
포도주를 넘치게 부어주시고
과자를 넘치게 나누어주시고
수고하는 분에게 분에 넘치는 사랑을 보여주시고
천국으로 떠나신
자애로운 분.

\>

윤동주 모임이 좋아서
오고 가는 길
우버 택시회사와 계약을 맺었다고 말씀하신
당신을
우리들은 잊을 수가 없습니다.

당신이 언제나 제게 쓰신 편지 끝에 남기신 세 단어,
감사Gratitude, 긍지Pride, 기도Prayer
제 마음에 새기고 살아가겠습니다.
제 잔이 넘치나이다.

이병기 의사 시인

남자에게도 천사라는 말을 쓸 수 있다면
나는 감히 의사 시인 이병기에게
그 말을 쓰리라

2년 전 윤동주를 사랑하는 모임이 사라질 무렵
그는 천사처럼 지상에 내려와
윤동주 문학회를 살려놓았네

2개월마다 정확하게 모임을 열고
외래강사를 모셔와 강연을 듣고
회원들의 작품 낭송을 듣고 논평을 나누고

이사진을 구성하고 함께 십자가를 지고 가야 한다는
그의 언약은 부드러웠지만 번쩍이는 칼날이었네
가장 부드러운 사람의 가장 견고한 뜻

거기서 출발해 2년
윤동주 문학회는 한국 밖에 존재하는 유일한
윤동주를 사랑하는 사람들이 사랑하는 모임

부모님이 지어주신 이름이 가람 이병기 선생과 같아서
은빛 실개천이라는 은천이라는 호를 쓰는 겸손한 시인

윤동주가 사랑할 수 있는 지상에서 가장 겸손한 의사

환자를 돌보듯 윤동주 모임을 돌보는 착한 남자
이 세상에서 천사라는 말을 해 줄 수 있는 유일한 사내
윤동주 문학회 초대회장 은천 이병기

2개월에 한 번 만나는 모임 후
밤하늘 별을 바라보며 별 헤는 친구들,
모두 윤동주 같은 사람들, 다정하여라

그에게 하늘의 축복이 내리기를 우리 모두 소원하네

이건청 시인

목월의 문하생인 줄 알았더니
미국으로 날라간 새, 박남수 선생 전집을 간행한 시인,

그는 곡마단 뒤뜰에 매인 말의 슬픔을 노래하더니
설악산 단풍나무 숲으로 사라진 이성선을 그리워하고

유태인의 학살을 고발하는 시인인 줄 알았더니
유태인이 학살하고 있는 오늘의 팔레스틴 죽음을 애도하는

60년대 한국 시인 가운데
세계를 보듬어 안는 시인이 하나 거기 있었구나

우물안 개구리들이 모여 큰소리치는 세상인 줄 알았더니
그는 동해 바다의 고래를 찾아가며

중동의 화약고를 터트리는 아주 부드러운 테러리스트
불쌍한 한 시대를 마감하며 새 시대 평화를 가져오려는

인간애의 경기도 이천 땅 시인
대인의 풍모가 멋있네 그려

외가
― 승곤에게

할머니,
놀라셨어요,
모르는 내 친구가
할머니를 찾아갔으니

지난해 그 친구가
손자를 전주에서 외사천까지 데려다 주었어요,
기억하시지요

어쩌다 둔 딸 하나 시집 가
아들을 낳았을 때
동네 방네
"내 딸, 용해가 아들 낳았다네!"
낭보를 전한
외할머니의 외로운 혼령 앞에
합장하고 서 있는
친구 내외

손자는 너무 멀리 떨어져 살고
친구가 백리 밖에 살고 있으니
외할머니
이번 추석은 덜 외로웠지요

＞
할머니,
내 친구가 다정하지
"기특하구나, 아직 이 세상에 이런 친구도 있다냐!"
말씀하셨지요.

할머니,
참다 참다 끝내는 터트린 가을강 울음,
할머니 몰래 눈물을 훔치고 있어요
세월은 가도 더 깊어가는 우정

세월이 가도 사랑은 더 은은해지고
세월은 가도 우정은 더 견고해져요
외가엔 할머니와 내 친구 내외가 같이 살고
대숲을 지나는 바람소리 똑 같아요

친구
— 세곤에게

59년 3월 연대교정에서 만난 친구,
중년에 워싱턴에서 다시 만날 줄이야
이 도시에 유일한 같은 과 출신이라기 보다
…최세곤, 최연홍…
ㄱ, ㄴ, ㄷ… 순서대로 앉혀진 우리들의 교실
우리들의 운명을 숙명이라고 하나

사는 일에 바빠 매일 만나지 못해도
언제나, 어디서나
마음 든든한 친구,
내 아이들도
마음 든든한 아버지의 친구로
안부를 묻고 있는
친구,
그래서 나는 외롭지 않아
──내가 복이 많아

이제 노년에 이르러
우리들 우정은
초원 위로 무지개를 찾아나선 하얀 공을 날리는
골프로 날아가고 있네

>
우리 인연, 우정을 하늘이 내려준
축복이라고 믿고사네
──친구야

백순

그는 한국현대정치사의 큰 인물인 아버지 근촌 백관수의
모습을 닮았습니다.

백씨 가에서 근촌의 둘째 아들 순에 대한 기대는 컸습니
다.

그러나 그는 홀연히 미국으로 떠나

법학에서 경제학으로 전공을 바꾸어 공부했고

웨스트 버지니아 산 속에서 부인을 만나

천재 아들 하나를 두고

시골에서 조용히 살다가.

워싱턴으로 옮겨와 노동성의 경제학자로 일하게 되었고

중앙장로교회의 장로가 되었고

여러 문예지에 시와 수필, 평문을 발표하면서

문필가가 되었습니다

언제나 그는 평온해 보이고

무엇보다도 하나님의 일에 최고, 최선의 열정을 다 하고
있습니다.

저명한 워싱턴 중앙장로 교회의 한 받침돌로

성경공부 선생님으로

세 권의 신앙시집을 헌정했습니다.

이 얼마나 훌륭한 인물인가

출세, 입신양명은 지나간 시대의 유물 아닌가

현대사회의 출세, 입신양명은

하나님 앞에 부끄러움 없이 살아가는 조용한 삶,
백순은 어린 나이에 아버지를 잃은 고아로
하나님의 아들이 되어 부유한 삶을 누리고 있습니다
손자들의 다정한 친구가 되어 노년을 보내고 있습니다.
그는 지상의 하늘 나라 시인입니다.
동경 유학생들의 지도자로 1919년 2월 8일 히비야 공원
에서
조선독립선언 시위를 주도한 죄로
동경감옥에 9개월 유폐되어 쓴 한 시, 동유록을 쓴 근촌
의 훌륭한 아들입니다.
훌륭한 아버지의 훌륭한 아들입니다.

시향

— 고희에

시향은 제게 시립교향악단이 아닙니다

시향은 시의 향기입니다

아니, 시향은 시의 고향입니다

그 고향에는 김행자, 권귀순, 이정자, 박양자, 임숙영, 박앤, 김인식, 강인숙, 박지연, 장혜정…. 백순, 이천우, 노세웅, 박태영, 정두현, 최현규…. 오손도손 살고 있습니다

고향엔 높은 산, 깊은 강, 그 사이 마을, 시골역이 있고 그 역사엔 가을이면 코스모스가 하늘하늘 하늘을 바라보고 바람에 춤을 추는 서정이 있습니다. 겨울이면 보리밭 이랑에 함박눈이 내리고 이른 봄날엔 진달래, 개나리, 살구꽃, 복사꽃, 목련, 벚꽃이 만개하고 그 사이로 뻐꾸기 울음도 들리고, 뜨거운 여름날엔 시원하게 매미가 울고가면 소나기가 지나갑니다 참외, 수박, 토마토가 시골집을 가득 채웁니다

고향을 떠나 워싱턴에 새로운 고향, 아니 그 고향을 옮겨 왔습니다

>

 우리 다 함께 일군 텃밭에서 나온 수확, 시의 향기를 어찌
잊을 수 있겠습니까

 당신들이 있어서 행복했습니다
 당신들이 있어서 따뜻했습니다
 당신들이 있어서
 서러워도 괜찮았습니다

 당신들이 있어서
 저는 축복받은 '젊은 오빠'가 되었습니다
 아니 문학 소년으로 살고 있습니다

 많이 모자라고 부족하고 눈물 많은 오빠를 보아주신 누이
들, 너그러이 보아주신 형, 아우들, 저를 지켜주시어, 아니
시향을 지켜주시어 감사합니다

 시향은 시의 교향악단입니다
 시향은 시의 고향입니다
 시향은 시의 은은하고도 고혹적인 향기입니다

 사랑합니다
 한 식구처럼

세월

― 2015년 12월 문인회에서

워싱턴 문학 1991년엔
옛 친구들의 모습이 보이네
내 나이 또래 안재훈은 이미 불귀의 객이 되었고
한달 동안 문인회 창립을 재촉했던 반병섭 목사는
캐나다 밴쿠버에 건재하다는 소식 듣고 사네
그 동안 이름도 잊고 살았던 이복신 씨가
내 고희를 맞아 내 집을 찾아주셨고
허권 형이 목사가 되어 하나님 나라를 세우고
볼티모아 항구라는 병원 약국에서 일하던 김행자 씨는
아직 그 병원에서 일하며 좋은 시 쓰고 있네
참 재미있는 발견은 워싱턴문학 첫 호 서문에 권귀순 현
회장이름이 등재해 있네
그때 문인회 근처에 살고 있었나봐
그후 24년이 흘러
나는 지금 기관지염을 앓다가
근육통인지 알고 침 맞으러 다니다
대상포진이라는 괴질에 걸려
응급실을 찾았고 처방약 두 가지 복용하고 여기 왔네
나이 먹은 자는 면역력이 떨어져 생기는 병이라니
친구여, 아직 슁글shingle주사 안 맞었거던 빨리 가 예방
주사를 맞으시게
문학은 죽는 날까지 동행하는 친구,

그동안 나와 동행해준 친구들, 고마워
최근 김기택, 정호승 시인이 다녀갔고
춘원의 따님이 다녀가
문인회 모임이 더 윤택해졌는지 몰라
박숙자 씨 영문 단편소설집이 나온다니 반가워
1991년 워싱턴 문학 창간호에도 영시들이 선보이고 있어
미국에 살면서
한국어, 영어로 문학을 하자는 내 제안은
『시향』, 『빈집』, 『우리는 조국이다』 3권의 영문사화집詞華
集을 세상에 내놓았으니
내 도리를 다했는지 몰라

친구여, 문학을 사랑하는 친구여
오늘 저녁에 서로 껴안아 주자
서로의 얼굴을 마주하고

발문

그리움의 주소지를 찾는 사향가思鄕歌

이건청 시인 · 한양대 명예교수

그리움의 주소지를 찾는 사향가思鄕歌

이건청 시인 · 한양대 명예교수

"그때 미아리 언덕엔/ 폭격을 맞아 깨어진 전차가 하나 놓여 있었어요./ 아홉 살의 저는 그 전차 위에서 매일 밤, 별을/ 바라보며 어머니를 기다리고 있었어요." —최연홍의 시「어머니 ─소리쟁이 풀씨를 훑어 뿌리며」의 일부이다. 이 시의 '그때'는 1950년, 6·25 사변으로 서울이 적 수중에 들어갔던 인공치하의 시기, 어머니는 자식들 끼니를 마련하기 위해 호박을 따 머리에 이고 서울 시내엘 가셨고, 9살 소년은 저물녘, 부서진 탱크 위에 올라 하늘에 뜬 별을 바라보며 끼니를 마련해 돌아오실 어머니를 기다리고 있다. 이 하나의 스냅은 최연홍 시인의 시를 이해하는 하나의 키포인트가 되는 것이라고 나는 생각한다. 이 시에는 이제 희수喜壽를 맞은 재미 시인 최연홍 시의 핵심 모티프가 무엇이고, 그리움의 실체는 무엇이며, 그의 목마름은 어디에서 연유되는 것인가가 온전히 담겨있는 것이라고 생각한다.

시인의 연보를 보니 1941년생, 1940년을 전후한 시기,

식민 치하, 대동아전쟁의 폭풍 속에 태어나서 간난의 유아기를 보냈다. 그는 1950년 6·25 전쟁으로 수백 만의 사람들이 죽는 한반도 유사 이래 최대의 참사 속에서 용케 살아남았으며, 학교 교실도 없이 양지쪽을 찾아다니며 공부를 했었다. 부서진 탱크 위에 앉아 먹을 것을 구해서 돌아올 어머니를 기다리고 있는 9살 소년, 잡초, 소리쟁이 풀씨를 훑어 뿌리며 별을 바리보고 있는 이 아이의 초상은 시인 최연홍의 것이며, 동시대의 체험을 공유한 이 땅, 사람들 모두의 것이기도 하다.

어머니를 기다리며 부서진 탱크 위에 앉아 별을 바라보고 있었던 9살 소년에게 '어머니'와 '별'은 물론 등가의 것이다. 최연홍의 시는 궁극적으로 지상에 임재 해서 그에게 목숨을 준 '어머니'와 하늘에 뜬 '별' 의 상동성을 밝혀나가려는 끈질긴 노고의 산물인 셈이다. 그는 「빈 의자」, 「사과」, 「수평선 저쪽의 신록」 등의 작품이 『현대문학』에 발표되면서 시인이 되었다. 1963년, 박두진의 추천이었다. 그는 1967년 단돈 70불을 몸에 지닌 채 미국으로 건너갔으며 놀랄만한 노력과 자기 구현으로 낯선 미국 땅에 '최연홍'을 우뚝한 모습으로 세우는 일을 성공적으로 이뤄냈다.

윤동주는 1917년 12월 30일 망명지에서 태어났으며, 1945년 2월 16일 적지의 후쿠오카 형무소에서 순사한 서정 시인이다. 윤동주는 순정의 언어로 절대적 양심에 닿아가려는 처절한 노력을 기울였으며, 그의 노력은 이른바 '비극적 황홀'의 광채로 타오른다. 윤동주는 그리움의 궁극에서 '별'을 찾아내고 있으며, '별'은 고향 상실의 시인이 고향

이미저리들을 불러내고 소통할 수 있는 핵심 코드이다. 오 랜 동안 '타국'에 머물며 모국어로 시편들을 써 온 최연홍은 윤동주와 자신과의 상동성을 발견하고 있는 것 같다. 그는 윤동주의 흔적을 찾는 탐방에 나서고 있으며, 시편들을 쓰 고 있으며, 윤동주 미주 문학상을 추진하기도 하고 있다.

그는 『가을 어휘록』(Autumn Vocabularies. 1990), 『뉴욕의 달』(Moon of New York. 2008), 『코펜하겐의 자 전거』(Copenhagen's Bicycle. 2010), 『겨울이어, 안녕!』 (Adieu, Winter.2015) 등의 영문창작시집을 간행해서 호평을 받았다. 2005년 재미시인들의 영문시집, 『시의 향기』(Fragrance of Poetry. 2005), 『빈집』(An Emp- ty House. 2008), 『내가 조국이다』(I am Homeland. 2013), 2003년 하와이 이민 100주년 기념 문집, 『떠오르는 슬픔』(Surfacing Sadness: A Centennial of Korean- American Literature. 2002) 등을 미국 출판사에서 간 행해서 미국내에서 한인 문단을 이뤄내는 일에도 중추적인 역할을 맡았다. 그리고, 모국어로 된 시집 『정읍사』, 『한국 행』, 『최연홍의 연가』, 『아름다운 숨소리』, 『하얀 목화꼬리 사슴』, 『잉카여자』 등을 냈다.

시인은 언어로 사유하고, 언어로 존재의 집을 짓는 자이 다. 그런 의미에서 그가 어떤 언어권에서 삶을 영위하는 사 람인가는 퍽 중요한 문제이다. 그런데, 최연홍은 20대 나 이에 미국에 건너가 영어로 된 개인 창작 시집을 여러 권 펴냈으며, 그곳의 저명 시인들과 교유하며 미국문단에서 의 자신의 입지를 확고히 세울 수 있었다. 그는, 미국에서 의 시단활동과 함께 모국에서의 작품 활동을 쉬지 않았으며, 몇 차례 문학상 수상자로 선정되기도 하였다. 그리고, 위스칸신대, 미시시피대학의 전임 교수로 활동하였다. 그는 이런 시단 활동과 함께 명망있는 잡지에 서평과 컬럼을 게재하면서 활동 영역을 넓혔다. 오크라호마 대학(University of Oklahoma) 영문과에서 나오는 『오늘의 세계문학』(World Literature Today)에 한국문학의 서평을 쓰고, 미네소타에서 나오는 『한국계간지』(Korean Quarterly)에 서평과 비평을 썼다. 한국에서 나오는 영자지 『코리아 타임즈』(Korea Times)에 주로 시집 서평도 쓰고 있다. 1981년, 미 국방장관실 환경정책보좌관으로 일하면서 미국의 수도에서 주요 일간지 『워싱턴 포스트』(Washington Post), 『워싱턴 타임즈』(Washington Times) 에 기고도 하고 있다. 그는 모국어로 시를 쓰면서, 동시에 미국문단에도 입지를 든든히 이뤄내고 있다.

그런데, 최연홍은 1996년 그가 미국에서 이뤄낸 이런 업적들을 뒤로하고, 모국의 서울시립대학교 교수로 자리를 옮겨 귀국한다. 가족들을 미국에 남겨둔 채로였다. 그의 어머님이 병상에 눕게 되면서였다. 아들의 성공을 위해 모두를 바쳐 헌신해온 그의 모친의 와병 소식을 접하게 되면서 그는 미국에서의 성취를 모두 뒤로 한 채, 어머니의 병상으로 돌아온 것이었다. 그는 홀로 귀국해 7년 동안 노년의 어머니 수발을 감당한다. 어머니가 작고하자 그의 고향 영동의 유택에 모신다. 그는 지금 미국으로 돌아가서 시인으로서의 소명을 다하기 위해 여전히 동분서주하고 있다.

나는, 최연홍의 이런 선택이 퍽 존경스럽다. 이 글의 모두에서 내가 인용했던 '부서진 탱크 위에 앉아 자식들의 끼니를 구하러 가신 어머니를 기다리며, 하늘에 뜬 별을 헤아리던 9살 소년의 곡진한 기다림이 선연히 다가선다. 해 저무는 날, 부서진 탱크위에 앉아 소리쟁이 풀씨를 흐트러뜨리며 기다리던 그 어머니와의 임종의 자리에서 어머니를 품어 안고 호곡했다는 시인의 모습이 선연히 떠오른다. 그의 유년의 꿈이 난만하게 피어오르는 그리움의 근원, 고향 영동, 오래전 이승을 떠난 아버지 곁에 어머니를 모시고 나서야, 미국의 가족 곁으로 갔다. 최연홍의 사모곡이 결곡하게 울릴 수밖에 없는 까닭을 헤아리고도 남을 듯하다.

어머니의 사랑만큼 위대한 것은 없다. 어머니의 사랑을 기억하고 사는 사람들은 이 험난한 세상을 살만한 가치가 있는 공간으로 만들어준다. 그 속에는 끝없는 일기체의 대화가 있고 끝없는 용서가 있고, 끝없는 감사가 있다. 그 속에는 눈물이 많은 사람들에게 고난을 극복하게 하는 지혜와 용기가 있다. 삶의 작은 성취를 나누고 기쁨을 나누는 행복이 들어 있다. 그 속에는 새벽 정한수 떠놓고 기도하는 어머니 모습이 살아있다. 어머니의 사랑은 아가페의 사랑을 낳는다.
　　―「어머니의 사랑」 부분

동호대교를 건너는 전철 안에서
내가 살던 옥수 하이츠 102동을 찾는다
금호역을 지나면 언제나 눈을 감는다
오른쪽에 102동 아파트가 보이고

그 아래 작은 빈터의 그네를 찾는다

아침마다

어머니를 그네에 태우고 밀어주던

마지막 3개월의 슬픔을 찾는다

80을 넘은 어머니,

지상에서 전철역으로 오르려면

두 번, 세 번 숨 고르며 오르셨던 어머니

"이제 택시 타고 다니세요!"

"아니다, 아들이 전철 타고 다니는데 내가 어찌…"

국철로 청량리 역에 도착,

거기서 1호선으로 갈아타고 동대문 시장에 다니셨던 어
머니.

어머니의 마지막 7년이

옥수동 전철역에 아직도 그대로 걸려있다

　　— 「옥수역을 지나며」 부분

위의 시는 어머니와 사별한 아들이, 어머니와의 마지막 7
년을 보냈던 집을 스쳐 지나면서의 소회를 담아낸 시이다.
동호대교 건너 '옥수하이츠 102동'은 어머니의 임종을 지
키기 위해 귀국한 아들이 어머니와 7년을 함께 살았던 '장
소'이다. 그리움의 쉼표가 짙게 찍힌 곳, 그곳이 '옥수하이
츠 102동'이다. 이제 아들에게 '옥수하이츠 102동'은 실체
적 특정 장소가 아니다. 전 생애의 기억을 환기시켜주는 모
든 '장소'들이 '옥수하이츠 102동'으로 살아날 것이다. 그
가 버지니아 어디에서 잠을 자거나 깨어나더라도 그의 '옥
수하이츠 102동'은 최연홍의 시 속에서 늘 선연할 것이다.

최연홍의 이번 시집 표제는『별 하나에 어머니의 그네』로 되어 있다. '별 하나'는 윤동주 시인이 망극한 그리움의 적소를 찾아 불러내기 위해 상정한 코드 상징이다. 최연홍이 '어머니의 그네'를 망극한 그리움의 적소로 찾아서 상정한 시집『별 하나에 어머니의 그네』를 펴낸다. '별'과 '어머니'와 '최연홍', 그리고 옥수하이츠 102동의 그 '어머니의 그네'가 그리움의 자리에서 오랜 동안 밝게 빛날 것을 믿는다.

최연홍

최연홍崔然鴻은 충북 영동 출신으로 연세대 재학중 『현대문학』으로 데뷔. 미국 인디아나 대학에서 공부하고 미국, 한국대학에서 가르쳤다. 2006년 은퇴. 그의 시편들은 미국의 여러 문예지와 PEN International (런던)에 발표되었으며 미의회 도서관에서 계관시인 초청으로 한국시인으론 처음 시 낭송. 그가 쓴 「아리조나 사막」은 Mildred(뉴욕)가 미국 남서부를 그린 최고의 시편으로 선정. 그의 단편은 Short Story International(뉴욕)과 미국 대학교재에 수록. 그의 시편들은 폴트갈어로 번역, 브라질에서 발표됨.

시집으로 『정읍사』, 『한국行』, 『최연홍의 연가』, 『아름다운 숨소리』, 『하얀 목화꼬리사슴』, 『잉카여자』, 영문시집 『가을어휘록Autumn Vocabularies』, 『뉴욕의 달Moon of New York』, 『코펜하겐의 자전거Copenhagen's Bicycle』, 『겨울이여, 안녕! Adieu, Winter』, 엣세이집으로 『섬이 사라지고 있다』 외 다수가 있다.

그의 서평들은 World Literature Today(오크라호마 대학 영문과)에서 발표되어왔으며 엣세이들은 『Washington Post 워싱턴 포스트』, 『Los Angeles Times 로스안젤레스 타임즈』, 『Indianapolis Star 인디아나포리스 스타』, 『Japan Times 재팬 타임즈』에 게재되었으며 『Korea Times 코리아 타임즈』, 『Korea Herald 고리아 헤랄드』의 칼럼리스트를 역임했다.

이메일 : yearnhchoi@gmail.com

최연홍 시집

별 하나에 어머니의 그네

발   행   2018년 3월 20일
지 은 이   최연홍
펴 낸 이   반송림
편집디자인 김지호
펴 낸 곳   도서출판 지혜
          계간시전문지 애지
기획위원 반경환 이형권 황정산
주   소   34624 대전광역시 동구 선화로203-1, 2층 도서출판 지혜 (삼성동)
전   화   042-625-1140
팩   스   042-627-1140
전자우편   ejisarang@hanmail.net
애지카페   cafe.daum.net/ejiliterature

ISBN : 979-11-5728-270-8 03810
값 9,000원